我們開始另一個冒險旅程啦！

Contents

目錄

第五章

名人介紹

STEM sir

阿爵終於也找到天蠍星人了。
你好！有份禮物想送給大家的！
什麼?!
禮物?!
禮物就是收在紙皮裡面！
紙皮打開！
SURPRISE!!
弟弟，準備好了沒有?!
準備好了!!
開動!!
吱吱!!
發生什麼事?!
幹什麼！
發生什麼事！
等我再來!!

上回提要：

阿瞬因為一次太空船意外來到地球，遇上了柏文柏武兩兄弟，他們一同經歷了幾次冒險，最後成為了好朋友。

阿瞬一直想回到自己的星球，在遇上 X 博士之後獲知回到自己星球的方法，就是通過天蠍星羅森所研究的蟲洞。然而，羅森卻一直失去蹤影，而身邊亦沒有人可以肯定他的研究是否已經成功。

最後阿瞬遇上羅森的表弟，並知道羅森的藏身地方，原來就是在一個「沒有直路的港鐵站」中。

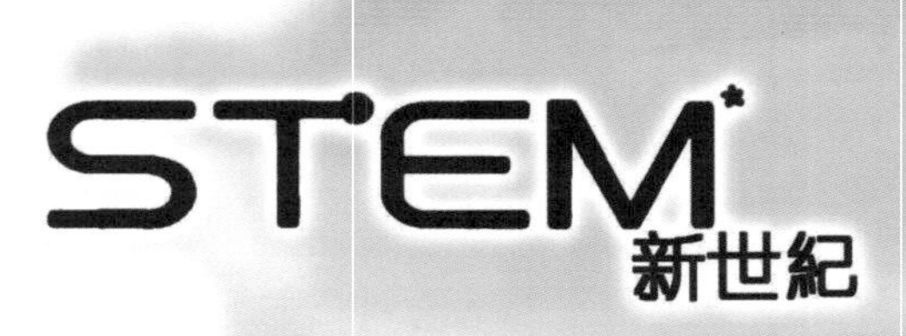

荃灣西港鐵站

第一章　一百年前的事

羅森的一句「只要去一個沒有直路的港鐵站」也真的讓眾人摸不着頭腦。

柏文説：「一個沒有直路的港鐵站？意思是一個打圈的路軌嗎？怎可能有這樣的港鐵站？」

柏武説：「沒有直路？即全都是彎路了？」聽到柏武的説話，柏文**靈光一閃**，露出了一個笑容，隨即説：「我知道答案了！」柏武雀躍地問道：「那答案是什麼呢？」柏文：「答案就是荃灣！因為是『**全彎**』！」這個答案也真的讓大家意想不到，異口同聲説：「荃灣！全彎！」「荃灣是有兩個港鐵站，一個叫荃灣站，一個叫荃灣西站，去那一個才對呢？」柏文突然想起2003年啟用的「荃灣西站」和1982年啟用的

「荃灣站」同樣有「荃灣」兩個字。

羅網想了想，說道：「其實我覺得沒有關係，羅森應該是想表達他在荃灣一帶出沒，你們到荃灣找他就可以了！」最著急要找到羅森的阿瞬問：「那要怎樣才可以找到他呢？」羅網閉上眼睛，然後再抬頭望向天空，就像在回憶往事一樣，大約一分鐘後再張開眼，感慨地說：「讓我先來說說來到地星時的情況吧，也許，這樣可以讓你們更了解他，那就更容易找到他了。話說回來，這已經差不多是一百年前的事情了。」

這是大約一百
年前的事情。

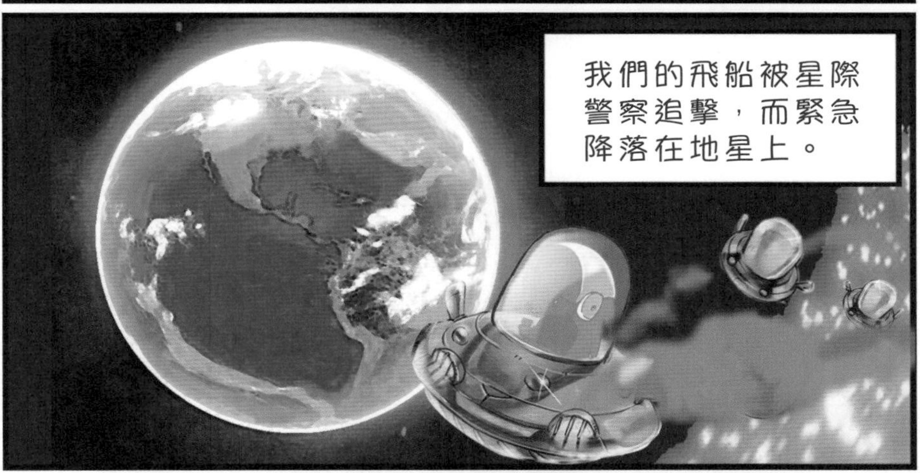
我們的飛船被星際
警察追擊，而緊急
降落在地星上。

因為飛船損毀了，部
份負能量之石就散落
在地星其他地方。

我們降落在一個地星的大都會城市中。
飛船損壞嚴重。
看來我們的飛船不能動了，我們回不去啦！
什麼？我們回不去了！
天蠍星羅森

我們只好暫時
逗留在地星。
普林斯頓
這個時候
你好啊！
我們遇上了年輕
時的愛因斯坦！

於是我進入了一名人類的心智，跟教授交流科學心得。
教授，你好啊！我是你的助理，我叫羅森！
納森・羅森
我們很快成為了朋友，並交換了不少地星資料。
經過了一段時間，我們二人研究出了宇宙蟲洞理論。

就在差不多的時間，另一件重大歷史事件要發生了。

第二次世界大戰！

柏文說：「好緊張啊！之後怎麼了？我好想知道！」羅綱喝了眼前的一杯水，再說下去：「事情我大概只說了一半。我們那時候聽到第二次世界大戰即將要**爆發**，而且有政府人員知道我們外星人存在，便用我們來威脅愛因斯坦教授。我們那時候才知道，原來愛因斯坦教授一直都知道我們的存在。」

在一個相對平靜的晚上，愛因斯坦教授把他們帶到一個房間，並向他們說：「我要將你們送到一個安全的地方，來避開世界大戰，畢竟那是地球人的罪過，不應該涉及你們的。」

最後，羅森一班人進入了一個由愛因斯坦安排的密室內居住。只要戰爭過去，就可以再出來。

羅森嘆了一口氣，再接著說：「戰爭持續了一年又一年，都不知道何時才完結，更不知道何時才可以開始做**蟲洞**的研究。我當時就打算用天蠍星的科技，來做一個太空休眠倉給大家渡過時間。」羅森當天開始就在密室內，打造太空休眠倉給現場的各個天蠍星人。

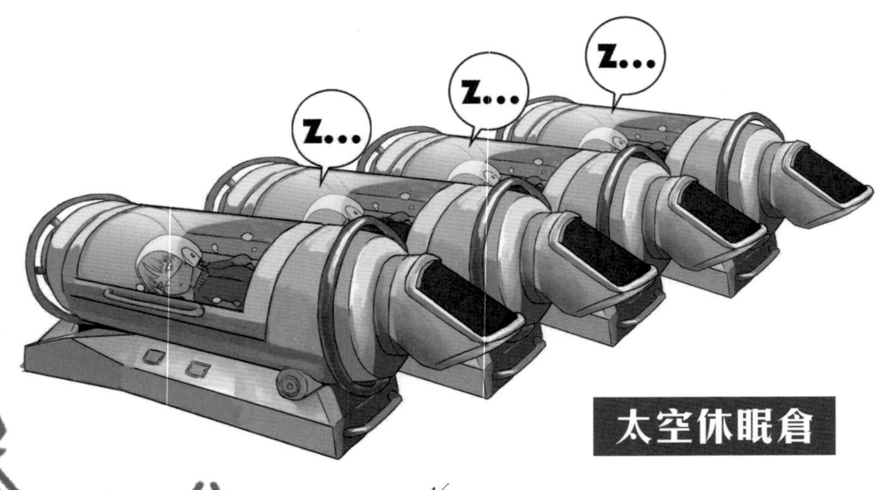

太空休眠倉

第二次世界大戰從1939年開始，到1945年結束，羅森及其他天蠍星人一直保持在休眠狀態，沒有被叫醒。可能因為安全密室被人搬移了，愛因斯坦也找不到他們。太空休眠倉要到被設定的最後限定時間才自行打開，那時已經是70多年後，即是地星的公元2009年！

天蠍星人打開了太空休眠倉，踏出安全密室，發現自己身處在香港的一個無人小島上。

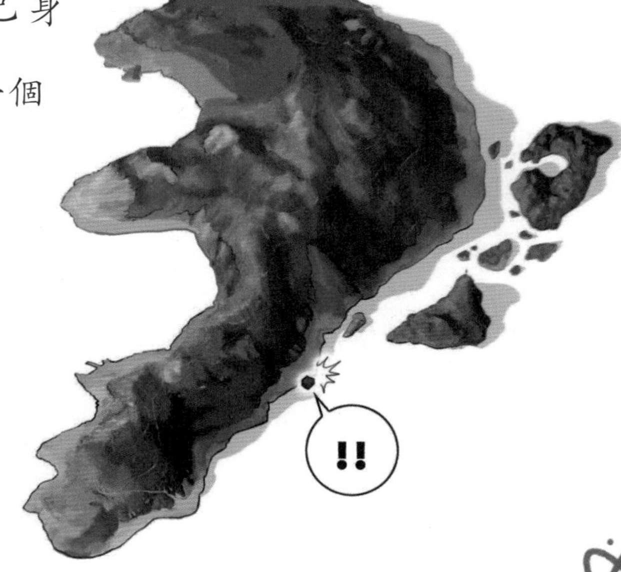

安全密室就像一隻方舟，一直在海上漂流到小島的沙灘上。小島上空無一人，他們只好進食島上的水果維生，也不知道過了多少天，羅森製造了一個飛行器，希望大家可以用來飛出小島。

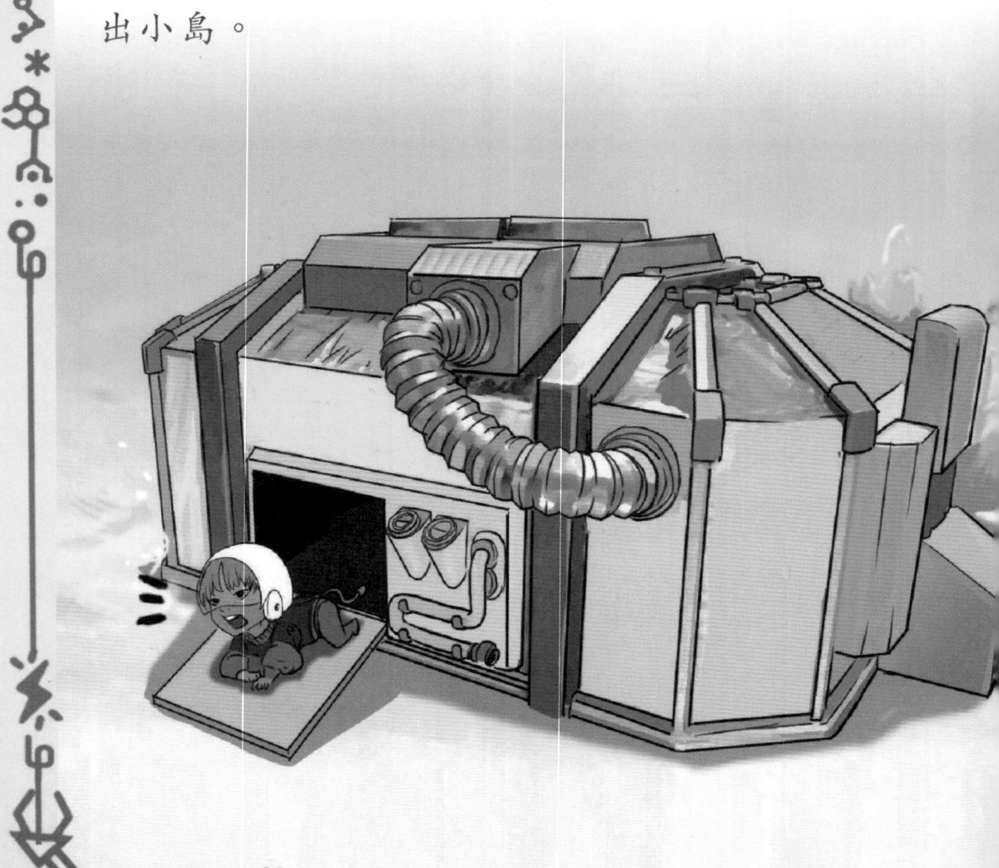

但可惜飛行器的動力不足，大家也難以飛出小島，到其他地方去！

在小島上待了一段時間，竟給大家發現了一艘漁船，在附近海上航行，他們利用羅森的短途飛行器飛到漁船上，終於順利逃出孤島了 。

大家之後隨著漁船來到香港，發現地星人的科技已經一日千里，相比 70 年前的科技，可以說是日新月異！

2009年
香港

本來意志消沉的羅森笑了！
哈！

因為他在電視上看到了另一位物理教授。
史蒂芬・霍金

我自己一人會去研究蟲洞的了！
我相信羅森會繼續研究蟲洞工作。

愛因斯坦
霍金
而且羅森很喜歡找不同的科學家一起合作研究，互相交流學習。

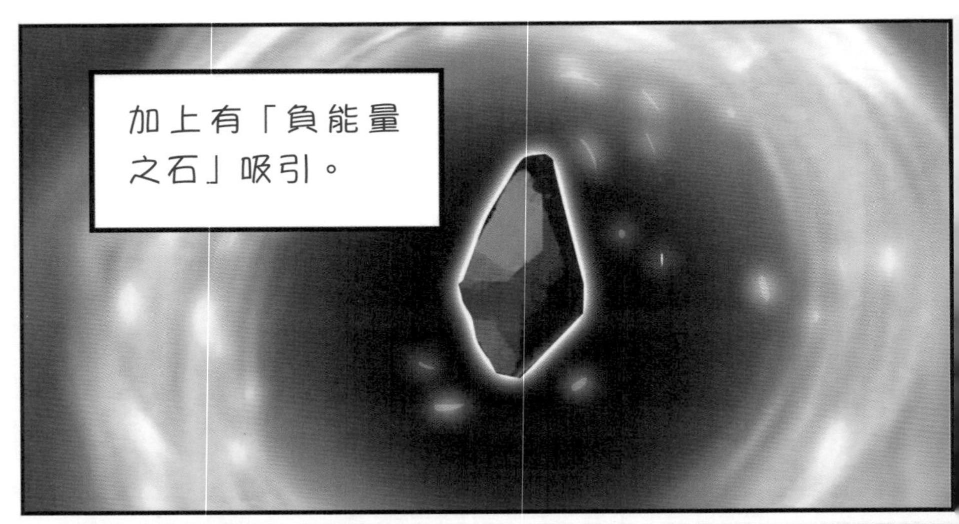
加上有「負能量之石」吸引。

所以我相信羅森一定會來找X博士。

當時大家開始跟羅森出現分歧，因為大家已經差不多等了一百年，仍然未有辦法回到自己的星球。大家從當刻開始**分道揚鑣**，部份決定留在香港作為基地，而羅森就獨自飛到英國找霍金。

2018年霍金逝世後，羅森也從英國回到香港，三人又安排了一次聚會，對話中知道他仍然未能夠做出**蟲洞**，那時三人改變想法了，再不打算回天蠍星，決定要去統治地星！

羅森知道了想法，表達了異議，並說打算自己一人去研究**蟲洞**。他最後只說了一句：「如果你們想找我，那就去一個沒有直路的港鐵站吧！」

這時候，站在附近的**X博士**拿出一個裝置來。

就在此時，X博士拿出一個裝置。
你們說了那麼久，也要喝水了。
這是我做的反重力噴泉飲水器。

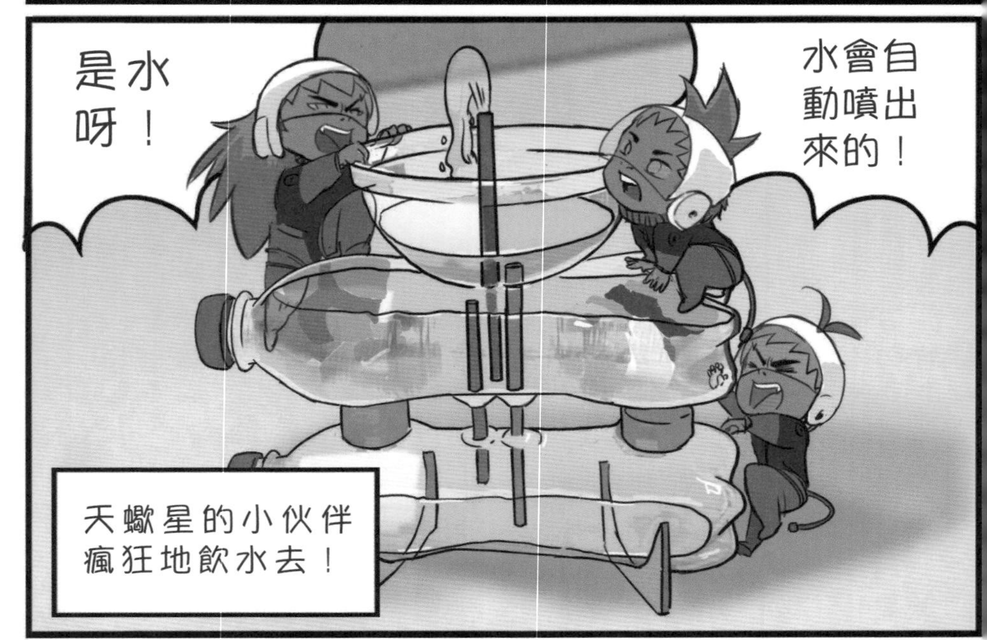
水會自動噴出來的！
是水呀！
天蠍星的小伙伴瘋狂地飲水去！

STEM 反重力噴泉

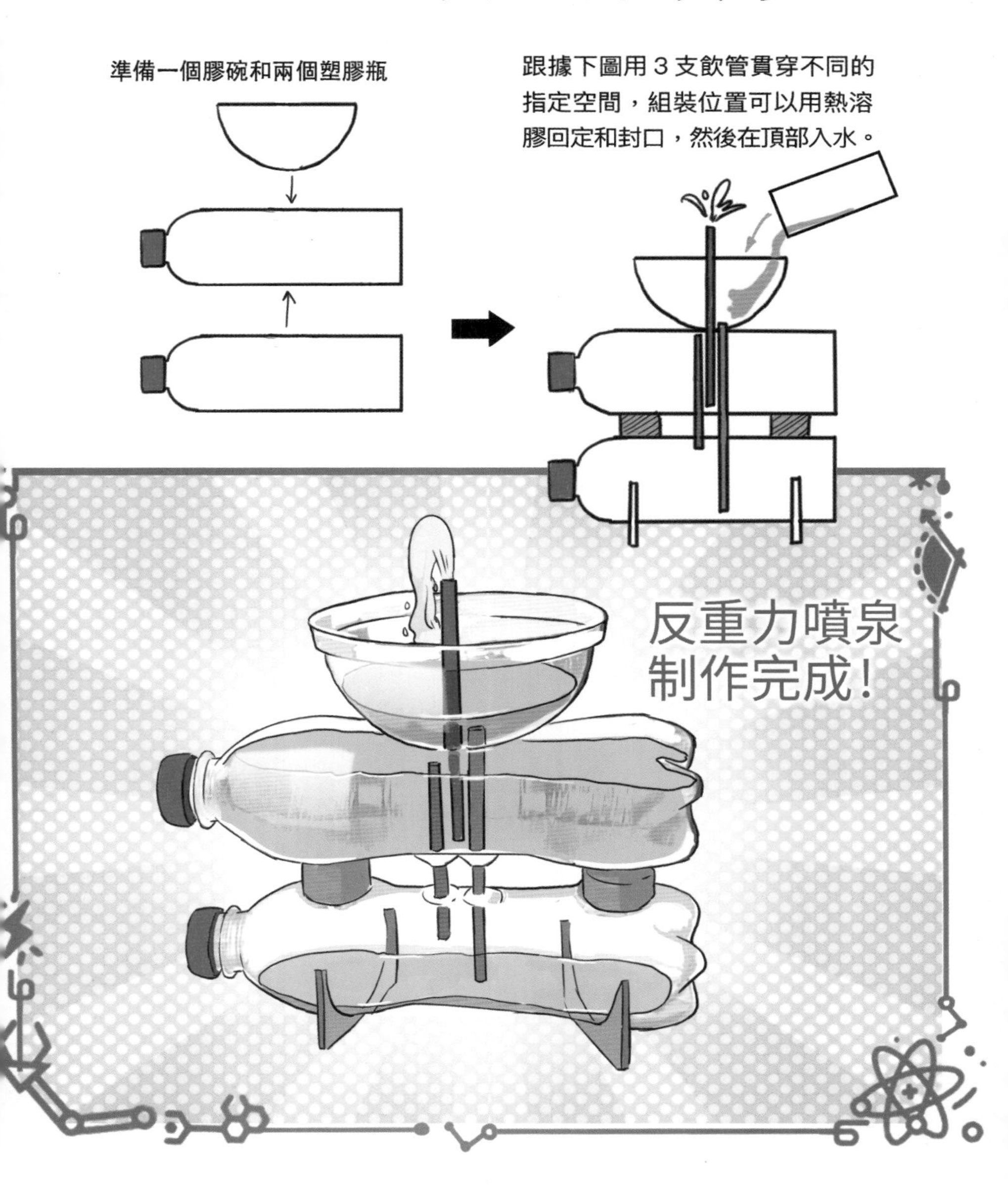
準備一個膠碗和兩個塑膠瓶
跟據下圖用 3 支飲管貫穿不同的指定空間，組裝位置可以用熱溶膠回定和封口，然後在頂部入水。
反重力噴泉
制作完成！

STEM
新世紀
citywalk
荃新天地2
7-ELEVEN
citywalk
荃新天地2
citywalk 2
荃灣購物商場

第二章　一百分的題目

柏武思前想後說：「既然知道羅森在荃灣一帶，又知道他可能會來找X博士，不如……」柏文大概猜到柏武的心意，馬上搶白說：「如果我們來個主動出擊，在荃灣舉辦一個街頭的『STEM大挑戰』，勝出的人可以得到X博士發佈會的門券？可以嗎？」

柏文問X博士，X博士想了一想說：「這樣也是一個方法，既可以找外星人出來，又可以推廣科學知識，何樂而不為？不過，今次你們的行動要小心，因為不知道羅森會不會變得很危險。另外，關於外星人的事，我們也要守口如瓶，不可以給其他人知道，即使是雪兒都不可以給她知道。」柏文和柏武一起點頭並和議說：「知道！」

第二天，柏文柏武兩人製造出一輛手推車，那是一輛給「STEM 大挑戰」用的車，車上寫著「STEM CHALLENGE」，還加上X博士的頭像，就像一輛宣傳用的流動廣告車一樣。他們把所需的 STEM 工具放入車內，就將車推去附近的公園前擺檔。柏文和柏武把車推到現場後，相互對望，兩人眼中都充滿困惑。柏文說：『現在我們要怎做呢？』

柏武說：「我也不知道，或者我們學習街市內的小販，大叫大嚷式的擺賣吧。」柏文也真的毫無頭緒，想著想著就跟著做。他吞了吞口水，大聲喊到：「各位好，我們是 STEM 大挑戰！只要有人成功挑戰過了兩關，就可以獲得『X博士發佈會』的門券。門券限額只有兩張，請**踴躍參加**呀！」

這時候，柏武就在宣傳車內拿出不同的工具，椅子、量杯、冰水……不同的東西，林林總總，都被拿出來了。

當柏武把工具拿出來的時候，四方八面的小朋友也走過來。有些小朋友說：「是X博士嗎？」有些又問道：「是發佈會的入場券嗎？」有些則說：「是STEM嗎？」看來柏文柏武的小STEM車也真很受小朋友歡迎啊！

柏文跟柏武雀躍地說：「那麼，我們就要快一點準備STEM大挑戰了！」

各位小朋友，
第一關的測試
是這樣。
就是將量杯放
在木椅上。
手不可以接觸椅
子，而能夠成功
將木椅吸起，就
當成過關。

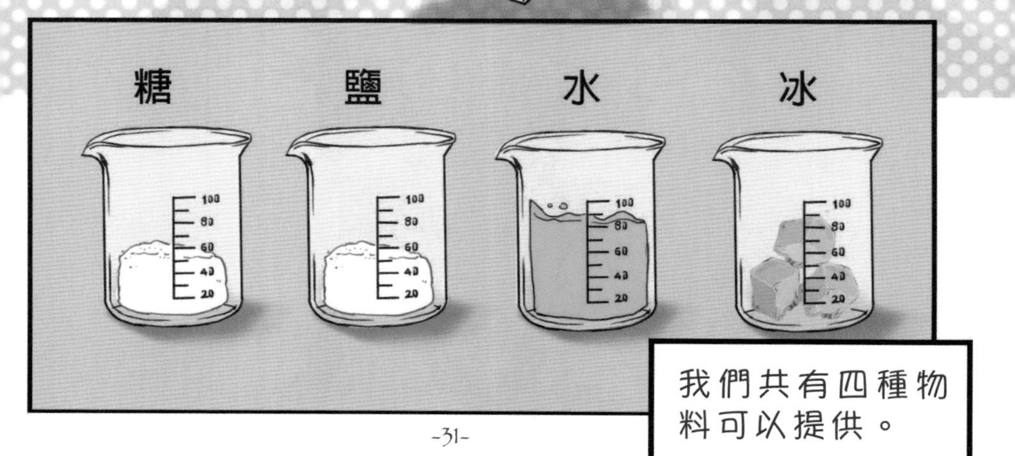
糖
鹽
水
冰
我們共有四種物
料可以提供。

第一關的大挑戰就是將量杯放在木椅上，能夠成功將木椅吸起的為之過關，但雙手卻不可以接觸椅子。現場很多小朋友也在試，一些小朋友會同時將糖、鹽和水加入量杯內，攪勻一起來試，但卻做不出吸起木椅的效果。經過了一次又一次的試驗，現場好像也沒有小朋友能成功試驗到。在現場的一輪討論聲中，突然有一對孖生小兄弟走上前，並說：「讓我們來試試！」

這個試驗實在
太簡單了！
先將少量的水
倒在木椅面
上。
再將有冰水
的量杯放上
面。
再加鹽入去
攪勻。
因為加鹽的水杯
會吸收周圍的能
量，那麼量杯與
椅子之間的水就
會結成冰了！
結冰

這對孖生兄弟，哥哥叫杜比，弟弟叫杜平，他們一出現便成功地過了第一關了！柏文說：「恭喜你們成功過了第一關！第二關會比第一關難上十倍，並需要兩個人來作題，而且要得到**100分**才可以過關。」孖生兄弟同聲說：「什麼？要**100分**？」柏文明白他們的顧慮，再接著說：「對，那是一條合作數學題，而這題目是由**X博士**出題的！」

數學題難不
到我們的。
因為我們是
數學孖寶！
什麼？
這時候X博士
出現了！
是X博士！
兩位小朋
友，你們
好！
STEM
DR.X
TICKET

第二關的是數學合作題，考驗方法好簡單。

首先我會提供一張數學資料給A同學
A

A同學有五分鐘時間去牢記和向我發問題

五分鐘後,資料會收起,同時不可以再問問題
A

之後A同學要在五分鐘內將他所知道的,用他的方法告訴給B同學
XXX
A
B

最後，我會根據之前那份數
學資料，出10條題目。

X博士再次確認：「只有拿到 100分的人才可以過關，假如過了關的話，兩位都可以拿到我的發佈會入場券。」孖生兄弟滿有信心地說：「100分！看來要求很嚴格啊！但那只是數學記憶題吧？我們常被人叫作『**記憶力孖寶**』的。」X博士笑了一笑，對他們的滿滿信心感到欣喜，他續說道：「此題目不只是考驗數學，待你們完成後會再告訴你們考題的目的……如果準備好了，那就開始吧！」

這就是試題！
這個試題是
跟X博士一
想出來的！
我也有給
意見的！

你們也可以嘗
試能否過關。
編者按
① ┘└ = 13
② └⊓⊓ = 388
③ ⊔┘ = 21
④ ⊐⊐ = 44
⑤ ⊓□ = 85
⑥ ⊏⊔ = 62
⑦ ⊏┌ = 69
⑧ ⊔⊏⊓ = 268
⑨ ┐┘ = 71
⑩ ┘⊐⊏⊓ = 1468

孖生哥哥杜比拿到了試題後露出笑容，同時他的眼睛突然間變成了**紅色**！**X博士**說：「五分鐘時限，有沒有問題要問我？」杜比自信地回答道：「沒有問題！我不用五分鐘了，現在就可以跟我弟弟解說了。」

X博士聽到後說：「竟然那麼有信心？那試題現在我就收起來啦。」杜比聲音變得**冷漠**，說道：「好的。」

杜比隨即低下頭，用現場提供的紙筆不停地寫。他不出五分鐘時間便把試卷百分百背默出來，他隨即把紙張遞給弟弟杜平看。杜平面露驚訝的表情說：「這就是**X博士**的試題？其實都只是符號代數的題目，那麼簡單？憑我們的記憶力，怎可能會記錯？」**X博士**準時地在5分鐘後收起杜平的解說紙，然後說：「時間到了，等我做最後的測試吧。你們有信心拿**100分**嗎？」杜平說：「完全沒有問題！我已將所有數學符號完全記下來了！」

這就是X博士最後的試題。

① 12 = ____
② 33 = ____
③ 456 = ____
④ 27 = ____
⑤ 69 = ____
⑥ 81 = ____
⑦ 146 = ____
⑧ 7235 = ____
⑨ 88 = ____
⑩ 100 = ____

十條題目的十條答案就像背誦出來一樣，十分順利，一轉眼，他已經完成了九題。
在開始第十題的時候，杜平的瞳孔也轉成了紅色。
什麼？！
怎會這樣？！
100？！
69 =
81 =
146 =
⑧ 7235 =
⑨ 88 =
⑩ 100 =

X博士的資料內根本沒有零的符號，原來這是個陷阱！
五分鐘的時間到了！
我這個天才拿到100分，竟然都過不了關？！

時間到了，杜平將試題交予X博士。X博士收了後立即開始改卷，最後杜平的得分是90分！

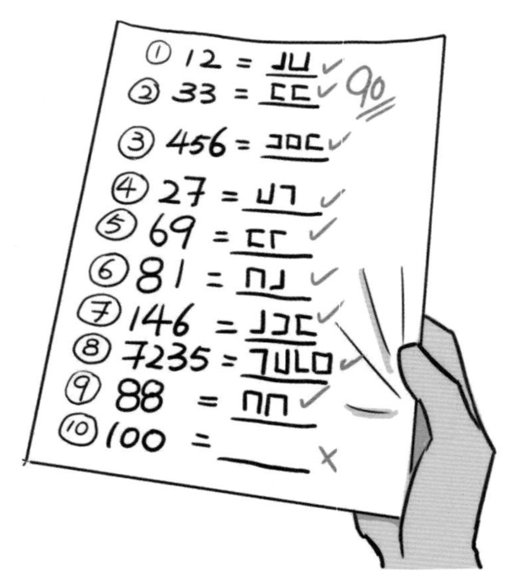

X博士說：「90分！是相當高的分數，你們數學孖寶的表現，也真不錯。」杜比、杜平兩兄弟 聽到了成績後，**怒氣沖沖**地說：「這根本是一個陷阱，不是數學考題，這對我們很不公平啊！」

X博士笑了一笑說：「不如讓我來解釋一下，

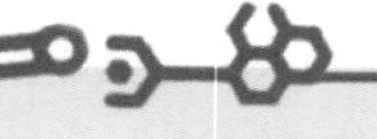

這個『STEM 大挑戰』數學題的目的吧。其實這次數學合作題的目的是在考領袖才能，分數越高等於領袖才能越高。這可不是平常的數學題目呢。或者，就讓我來解釋一下吧！」

其實同學 A 是飾演領袖，同學 B 是下屬，試想像你每天也會在公司或學校收到不同的命令或任務，而命令或任務就像是我提供給你們的數學資料一樣。

命令或任務
① ┘L = 13
② L⊓⊓ = 388
③ ⊔┘ = 21
④ ⊐⊐ = 44
⑤ ⊓□ = 85
⑥ ⊏⊔ = 62
⑦ ⊏⌈ = 69
⑧ ⊔⊏⊓ = 268
⑨ 7┘ = 71
⑩ ┘⊐⊏⊓ = 1468

現在接下來，同學 A 就是要將命令或任務傳給

把資訊一個傳一個的時候，資訊內容是會慢慢遞減下去的，有些信息會不見了！

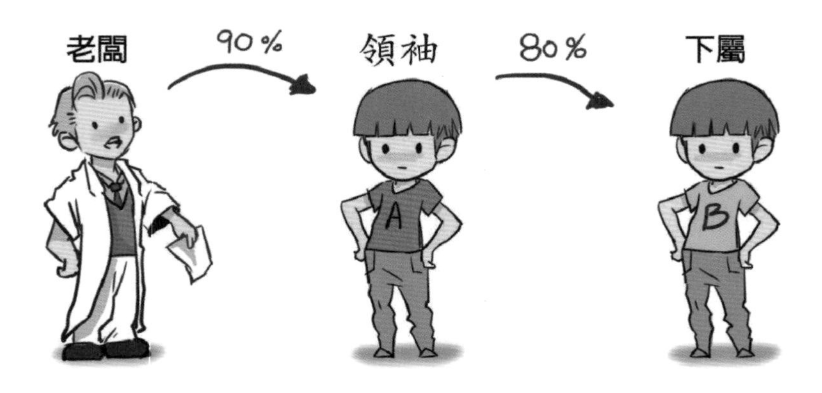

稱職的領袖應該要避免這種情況發生，所以我在提供數學資料時的那五分鐘，A同學是需要問我拿回那10%資料的，這就是「**0**」該怎樣來。

A同學有五分鐘時間去牢記和向我發問題。

這個試題的另外一個目的，就是訓練記憶方法！任何事情只要能夠找到合適的記憶方法，也可以事半功倍，以上原理也包含著 **STEM** 的運用。因為圖形不是靠死背外形，是要了解個中道理才對。我畫一張圖出來，你就會明白什麼是記憶方法了！

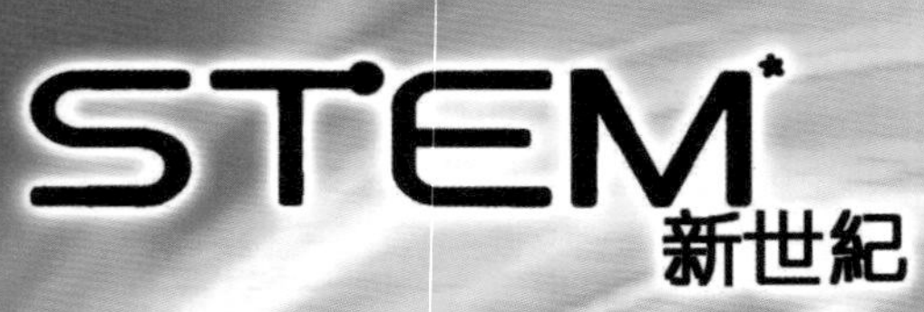
STEM
新世紀

第三章　回到過去

時間再次回到霍金仍然在世的時候，羅森在經歷了重重困難後，終於見到了霍金教授。羅森問了一個問題：「我們有方法可以回到過去嗎？」霍金教授用他的電腦語音反問羅森：「為什麼你想回到過去呢？」羅森說：「因為我想回到過去救回我的媽媽！」

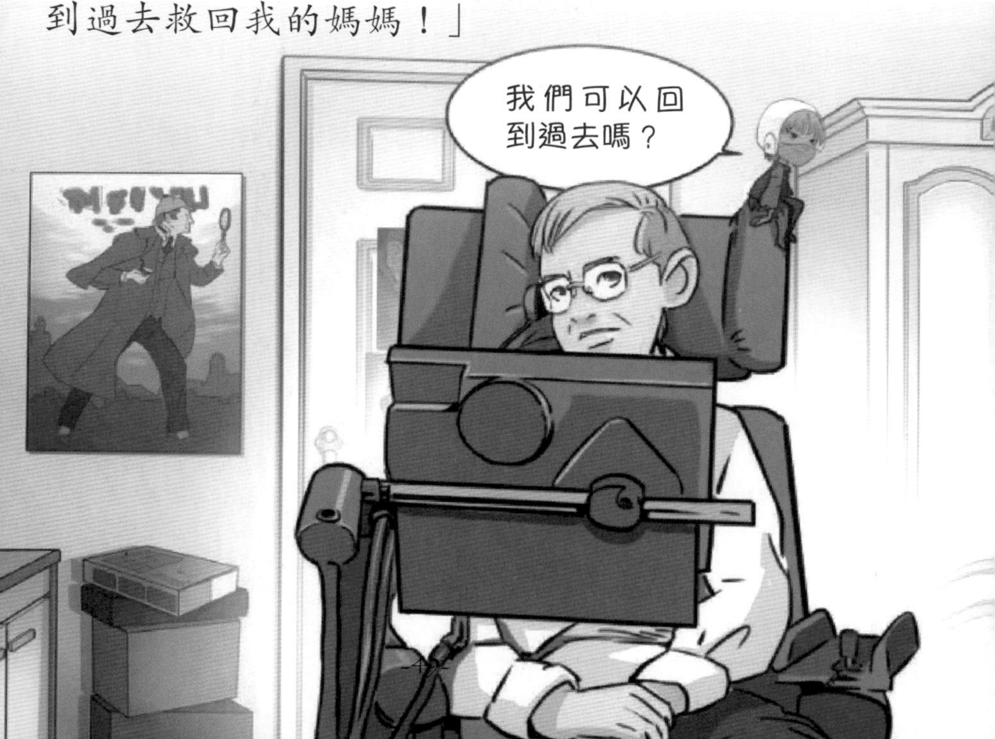

大部分人看穿越時間是有一個人突然從某一刻消失，並即時在另一刻出現。
我不想潑冷水，但我懷疑是否應該以這方式去看穿越時空。
我們就來一場科學試驗。
好的。
WELCOME TIME TRAVELLERS
2009 年 6 月 28 日霍金在英國劍橋大學。
舉辦一個歡迎未來的時間旅行者晚會。

2009 年 6 月 28 日
晚會開始

為了確保信息不外洩，霍金在歡迎宴會結束之後，才把請柬寄出去。

2009 年 6 月 29 日
請柬寄出

霍金向羅森解釋說：「這個試驗為什麼不起作用？其中原因可能是一個眾所周知的問題：回到過去會存在『**悖論**』。悖論很有趣，最著名的叫做『**祖父悖論**』。假如透過時間隧道，科學家就能夠見到一分鐘前的自己，但是如果科學家利用**蟲洞**回到過去，並對著過去的自己開槍，事情會怎樣？他現在已經死了，那誰開槍殺了他呢？這就是個悖論，不合乎邏輯，而最讓宇宙學家解釋不了的，正是這種情況。」

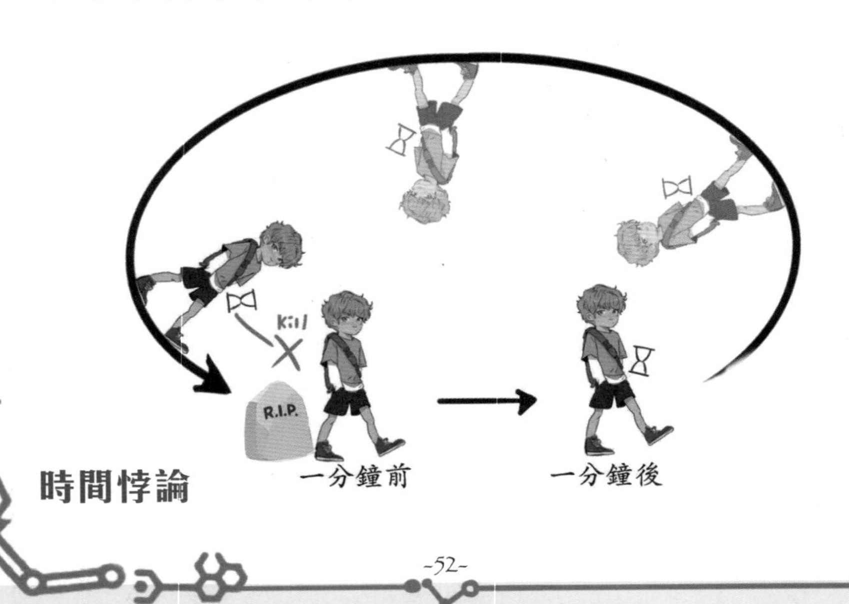

時間悖論

所以從這個理論延伸，霍金認為，總會有些事情發生以阻止這種「**悖論**」。科學家總會發現自己無論如何也不能對自己開槍，在這種情況下，霍金只能假設，這個問題就出在**蟲洞**本身了。

再從這延伸去想，**蟲洞**是並不存在的，原因就是「回授」。如果大家去過音樂會現場，都可能有聽過一種尖鋭的雜音，這就是「回授」。

而引起回授的原因很簡單，聲音進入麥克風，透過電線傳導，經由**擴音器**放大，便發出説話者的聲音；但如果聲音太多，在一個環狀物內繞來繞去，聲音就會逐次變大。如果沒人阻止，回授效應甚至可能破壞音響系統。

同樣地，**蟲洞**也有這種問題，只不過聲音換成了輻射；一旦**蟲洞變大**，大自然的輻射物會進入，最終形成一個環路。回授效應變得如此強勁，最終會摧毀**蟲洞**。

所以，就算微型**蟲洞**確實存在，也確實可能某一天膨脹了起來，但並不能持續足夠長時間，被當作時光機器使用；這就是為什麼沒有人準時來參加聚會的原因。霍金當時說：「人類是否可以回到過去，而我的答案是我們回不到過去的。」

經過了一百年的追逐，羅森一直想回到過去救回自己的媽媽，但最終卻得到這樣的答案，羅森根本沒辦法接受這個結論。

我們是回不到過去的！
我們是回不到過去的！
我們是回不到過去的！
我們是回不到過去的！
我們是到過去的！
我討厭這種被否定的感覺！

現在這感覺又來了！

我竟然給那麼簡單的題目否定了！

STEM
新世紀

第四章　時空與繼承者

在現今的荃灣街頭上，被羅森蠍子分身控制著的孖生哥哥杜平，他拿著90分的試題，感到十分不忿。那種挫敗感，那種被否定的感覺，令控制著杜平的羅森也感到不愉快。這時候杜平的雙眼越來越紅，感覺怒火在燃燒著！

杜平雙眼合上，然後再打開，輕輕呼了一口氣，心情稍為平靜下來。羅森心想：「那試題沒有寫上『零』的符號，是我沒有留意到，而且數字是一定有零才代表完整，這種低級錯誤是我不應該犯的，也實在想不到現在竟然有人可以考到我？或者這是合適的時間，去找其他人來繼承下去了！」

羅森控制著的杜平就好像為眼前的事做了決定一樣，然後開始在紙上寫下 ——

22° 22'6.85N 114° 6'46.72" E 41

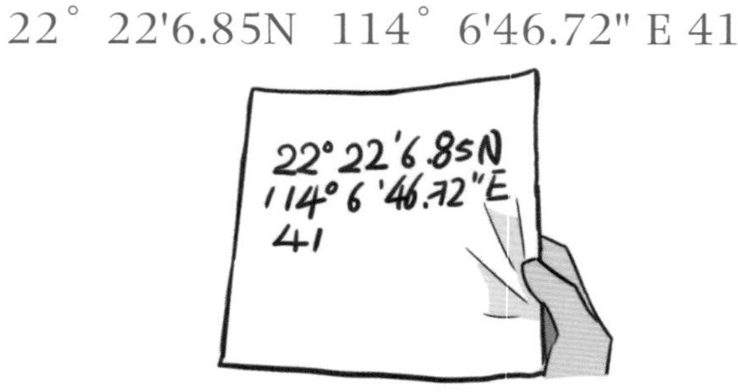

他在寫完之後接著說：「如果你們想找羅森，就用這組數字去找他吧。」原來他知道雙子星人會來找他，大家也露出了驚訝的表情，面前這對孖生兄弟，莫非就是羅森的分身？但怎可能會有兩個？話未說完，突然「**啪**」的一聲，孖生兄弟就暈倒了。

他們的背上竟慢慢冒出白煙，仔細一看，原來頸項後有一隻**金屬小蠍子**在上面，而釋放出白煙的原來正是金屬小蠍子！

阿瞬從柏文的書包走出來，在柏文的耳邊說：「原來是用分身**蠍子機械人**來同時操控這對孖生兄弟，怪不得可以同時有兩人受控了。想不到羅森的能力竟然是那麼高，他比羅綱還要利害呀！」

X博士見到孖生兄弟暈倒地上，帶點慌張說：「就讓我先行照顧他們，柏文柏武你們根據紙上的提示去找羅森吧！那是**霍金教授**生前的試驗，是一個有趣的遊戲。我們稍後在目的地見吧！」柏武拿著紙，喃喃地說：「『22° 22'6.85N 114° 6'46.72" E 41』，究竟是代表什麼呢？是什麼暗號嗎？」

柏文看著紙上的數字，隨隨說出：「那應該是**經緯度**，是地理座標來的。它一般是指經度和緯度，用來標示地球上的任何一個位置，經度和緯度常合稱為**經緯度**。你先讓我在網上找這個位置吧。」柏文打開手機，在地圖 app 上打入**經緯度**號碼，竟然發現就是在荃灣附近，原來位置是如心廣場！

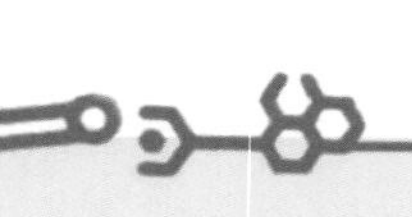

如心廣場

柏武口張得大大地說：「竟然是**如心廣場**？那離我們很近呢！但**如芯廣場**的面積也很大啊，怎去找呢？」

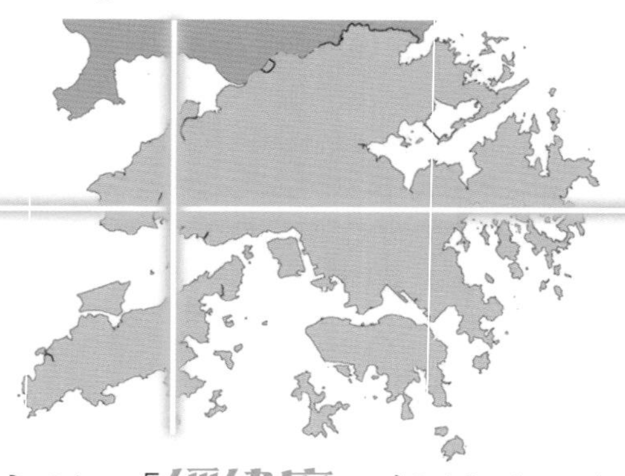

柏文說：「**經緯度**只提供了一個空間的長度和闊度，即是 **X** 跟 Y 點，只要我們能夠找出 **Z** 點，即是高度，我們就可以找出羅森位置。這個 **XYZ** 就是代表三維空間，而紙中最後的一個數字『**41**』，我相信就是 **Z** 點高度了！」

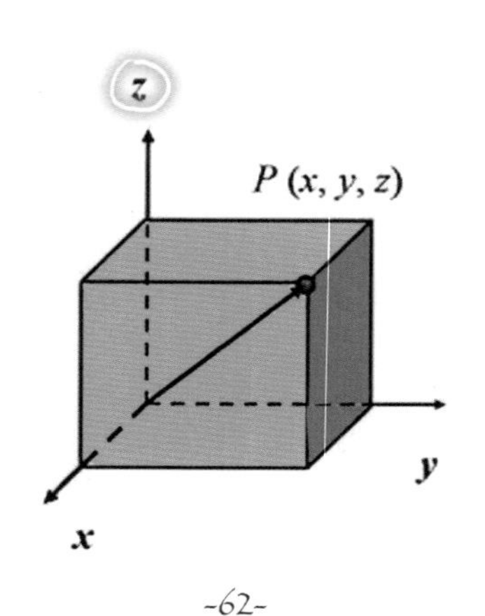

柏文眨眨眼，稍稍停頓後再接著說：「我相信『41』就是指第41層的位置。我剛剛搜尋了資料，**如心廣場**第41層樓層是**如心廣場**大廈與大廈之間的空中天橋，羅森的位置應該就在天橋那裡！」柏武輕拍自己的前額，然後說：「竟然是在天橋之上！我們現在就出發去吧！」

柏文收好手提電話，和柏武一起向如心廣場走去。柏文在途中繼續說道：「如心廣場兩座大廈是用來記念兩個人而建。大廈高座是地產集團的創始人，低座是他的太太。兩座大廈以他倆的英文名字命名，而兩座大廈之間的41樓有一條透明天橋連接，寓意夫婦手牽手情不變。」

柏武未有想過兩棟大廈，原來有這麼深的寓意：「原來是這樣嗎？但我覺得那條**天空之橋**更像另一樣東西。」柏文好奇地問：「是什麼東西？」「它更似羅森橋，是**蟲洞**！那橋就像是貫穿兩個空間一樣！」柏武搶著說。

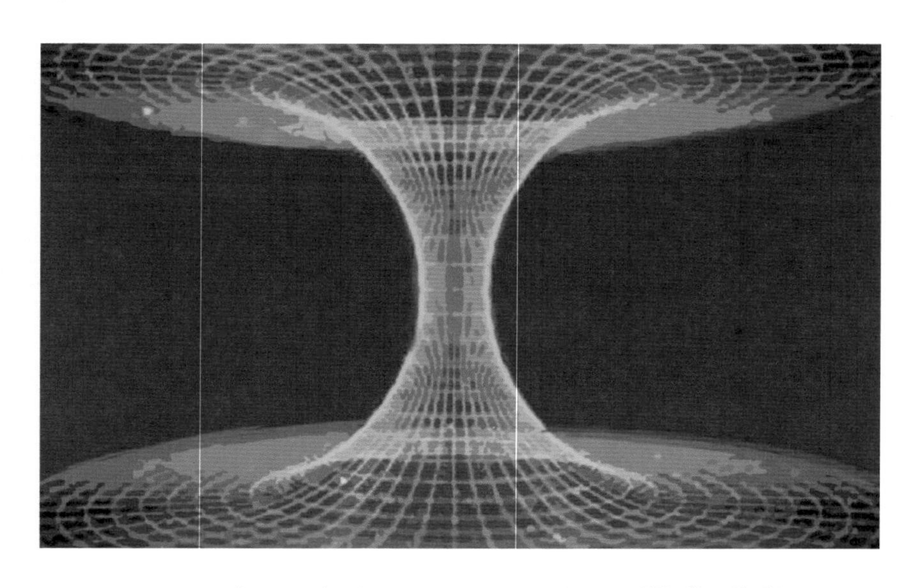

他們邊說邊走，很快就來到**如心廣場**。大堂有三部升降機，升降機門前面分別放有香港區旗，日本國旗和美國國旗。

柏武心想：「竟然有不同的旗幟在電梯門口，真是很國際化啊！」焦急的柏文馬上說道：「既然我們現在在香港，那麼我們就選用有香港旗的電梯吧！」柏武也急不及待，大步走向豎立著香港旗的升降機，說道：「**好啊**！我們就上去找那個羅森，不知道他是否研究**蟲洞**成功呢？我很想知道！」

柏武按上 **41** 樓的按鈕，新簇簇的升降機一轉眼便來到第 **41** 層，就是空中天橋的一層！

那個會議在 12 個小時前已經完結了，你們來得太晚啦！

鬍鬚大漢神情非常**冷酷**，像石像般站著說：「教授邀請函上的資料不夠全面，所以你們三人都錯過了會議。」

柏文說：「什麼？是二人吧？」鬍鬚大漢**搖了搖頭**說：「是的，你們兩人都錯過了會議，但你們知道原因嗎？你們要多少資料才找到了這個會議場地呢？」

柏文聽到問題後，先**呆了一呆**，然後說道：「唔……我們要多少資料才找到會議場地。我們有經緯度，也有高度，即是共三項資料，也就是三維資料，但我們還要第四項資料？」一直站在柏文旁邊的柏武衝口而出說：「**是第四維度 — 時間！**」

柏文再把剛才的事情想了一遍：「時間其實也是我們所經過的維度，但是我們不在意，

因為它常常都存在，而這令到我們錯過了會議。」鬍鬚大漢的神情開始變得寬容：「你們說對了！你需要三組數字來描述一個地方，但你需要四組數字來描述一件事件。**第四組數字就是『時間』**，如果你們仍想去會議場地，就要動一動腦筋啦！」

柏文柏武聽到了這句說話，好像眼前的線索又再出現，但已經結束了的會議又怎樣可以再參與呢？柏武急著追問：「什麼？會議不是結束了嗎？我們仍可以怎樣參與？」

儘管鬍鬚大漢聽到柏武追問，卻繼續氣定神閑地說：「可以的，教授說今次是對**繼承者**的遊戲，並不是真正的科學試驗，只是想透過遊戲，讓你們認識時間和回到過去的可能性！」柏文也實在想不通眼前情況，心想：「**繼承者**

的遊戲？我們現在該要怎樣做呢？」

柏文把右手放到下巴，腦袋想呀想，好像眼前不停浮現出不同的方程式。他把雙眼合上，大約一分鐘後，再打開並說道：「哈哈，我知道怎樣可以去到會場了！柏武，我們現在先回去大廈大堂吧。」話一說完，他們就轉身乘升降機再回到大堂去。

升降機又再次回到地下大堂。柏武一步出升

降機便問道：「我們現在到大堂了，接著應該要怎樣呢？」柏文走到其他升降機面前，指著放置在升降機旁的國旗說道：「你看大堂上的升降機前面，有不同國旗和香港區旗，剛剛我們是乘有香港區旗的升降機上去的，那可能是代表我們用了香港的時間。現在我們用其他國旗的升降機上去，那就代表是用回當地的時間了！」這時的柏武恍然大悟，原因解釋得夠清楚了，柏文也急不及待地說：「那位大漢說會議已經結束了 12 個小時，那麼我們就找回跟香港有 12 個小時時差的國家，再上去就可以了！」柏武聽到後拿出手機，並開始上網找出和香港有 12 個小時差的地方。

愛閱讀及喜歡地理的柏文，馬上把答案說出：「相差 12 個小時的地區，紐約就是比我們遲了 12 個小時。我們只要乘坐有美國國旗的升降機上去，就可以找到真正的會議場地啦！」柏文柏武二話不說就走進有美國旗的升降機裏去了。

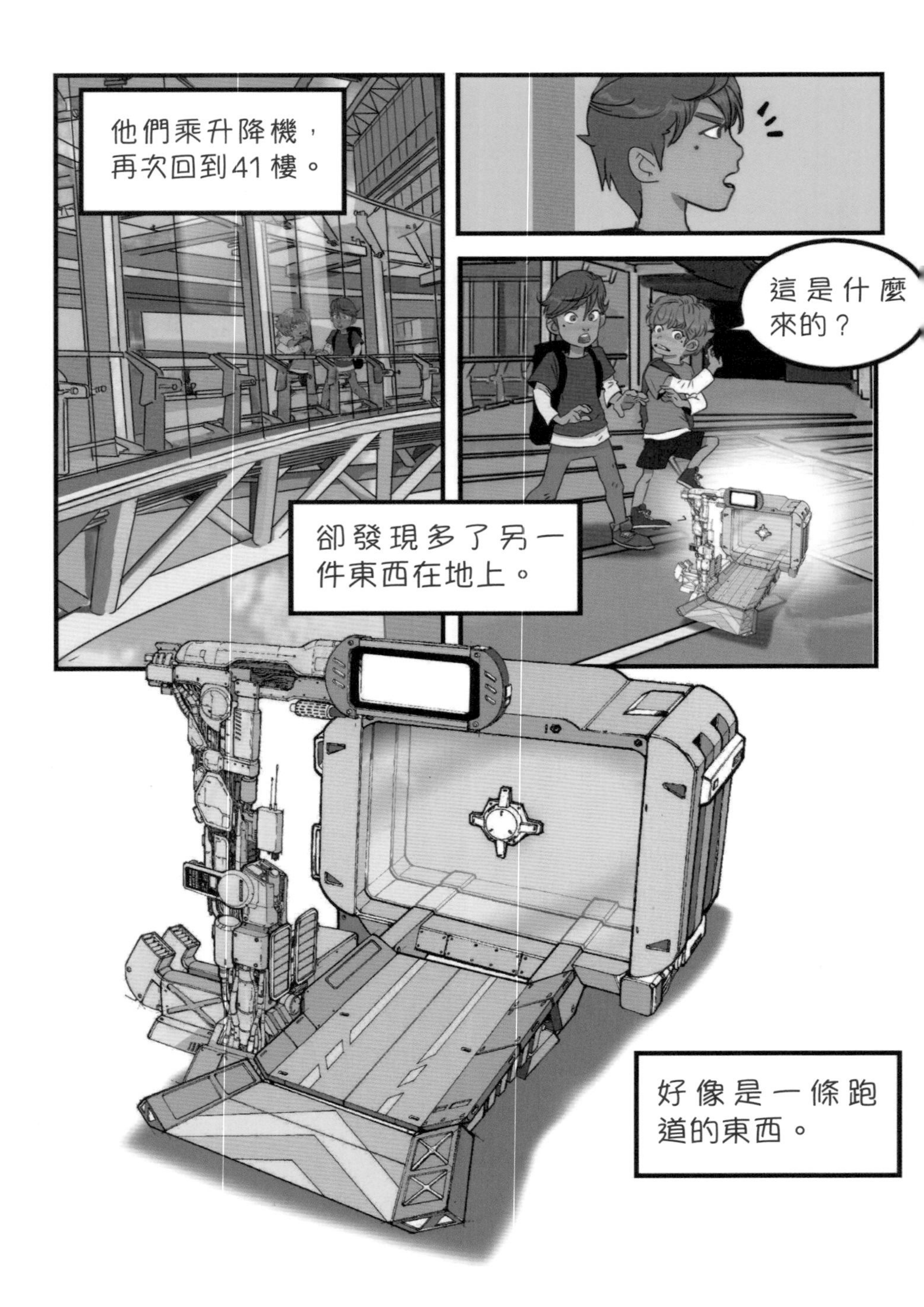
他們乘升降機，
再次回到41樓。
這是什麼
來的？
卻發現多了另一
件東西在地上。
好像是一條跑
道的東西。

踏出升降機門，他們看到地上多了一個像小行李箱的儀器，和他們的背包一樣大小。行李箱突然自動打開，放出了一條跑道，跑道旁邊有一個儀器，接著一輛小型太空船駛出來，上面盤膝而坐的竟然就是……羅森！柏文柏武沒有想到會在這情況下找到羅森，羅森向他們説：「你們是第二和第三個完成遊戲的。」聽到羅森的第一句説話，柏文好奇地問：「第二和第三？那即是有第一了？第一位完成的人是X博士嗎？」

羅森馬上點頭説：「沒錯！就是他！此遊戲是想你們明白**第四維度**是什麼來的。我安排升降機來代表**蟲洞**，希望可以借助**蟲洞**的力量來回到過去！雖然**霍金教授**説人是不可以回到過去，但我仍然很想嘗試一次，因此我需要繼承者，而繼承者都需要理解什麼是**第四維度**和時空！」

我就是羅森！

柏武聽完後，不明白羅森所說「**繼承者**」的意思，腦中更出現了無數問號。羅森看到柏武的表情，便繼續嘗試解釋：「沒錯！可以完成這遊戲的人，也會是**蟲洞繼承者**！第四維度的理論，與**愛因斯坦**得出的理論一致。傳統看法來說，**空間**與**時間**是兩個完全不同的概念，空間像一個**大器皿**，用來盛載物件和事件，而時間是一個整體的流動，把一切從現在帶進未來！

而**愛因斯坦**對空間與時間，卻提出了完全不同的看法。他認為空間與時間並不是彼此獨立的，它們是同一個概念的兩部份，時空是一個整體，而一切都發生在那第四維度中，恆常如此！時間和空間並不是分開存在，而是二為一體；時空，時間與空間同是一體，不可能分開它們，我們只有操縱兩者，才可能**穿越時間**！」

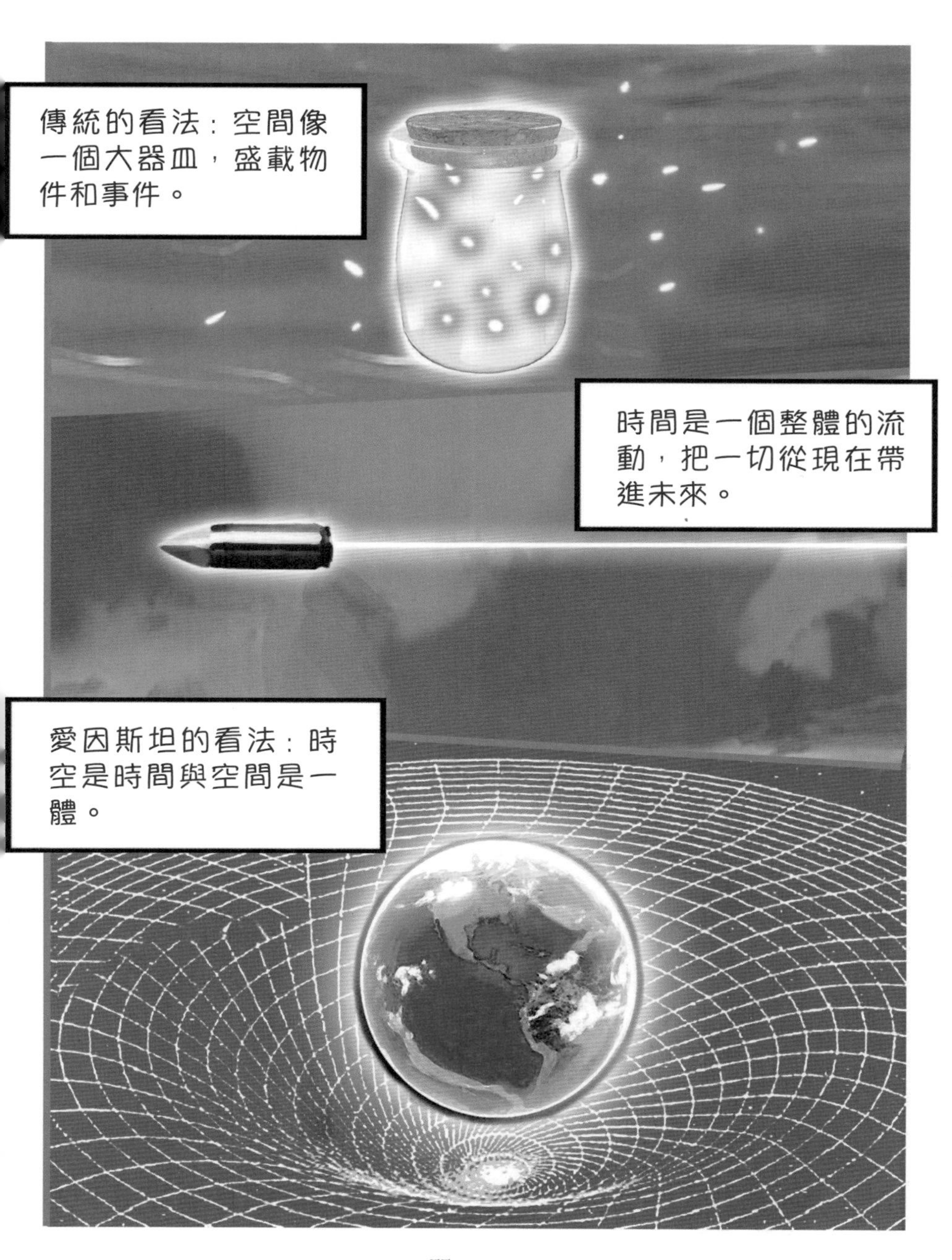
傳統的看法：空間像一個大器皿，盛載物件和事件。
時間是一個整體的流動，把一切從現在帶進未來。
愛因斯坦的看法：時空是時間與空間是一體。

羅森看著眼前的他們，好像都毫無頭緒，明白到一時之間這個概念有點複雜。「這確是一個很難掌握的概念，但我相信只要在空間打開罅隙，我們就可以**穿越時間**。而你們眼前細小跑道裝置上的儀器，就是我研發出來的**蟲洞開發機！**」羅森指著前面的裝置，充滿信心地解釋它的作用。

柏武的帽突然間自己翻起來，原來是藏在帽子內的阿瞬，他走出來後驚訝地問：「那就是**蟲洞開發機**？那是否可以回到我星球去了？」

羅森見到阿瞬從柏武的帽子出來，先是一愕，但很快便冷靜下來。他緩緩地説：「原來你就是那個雙子星人！你能否回去，我也不肯定，因為我仍未做過人體實驗。今次我想用我的身體來做實驗，看看它是否真的可以**穿越時空**？因為我不知道否可以安全回來，所以我希望有個**繼承者**來保管及保護我的機器！我心目中的人選就是你們跟**X博士**了，因為你們的題目考到了我，令我覺得你們有這個能力去處理。」

STEM
新世紀

第五章　打開蟲洞

羅森說完了他的想法，柏文柏武對眼前情況開始有概念，原來羅森想他們保管**蟲洞開發機**，也尊重他們對科學的投入和熱誠。柏文柏武感覺責任重大 ，開始有點猶豫起來。可能羅森也發現他們的神情有異，所以繼續向他們解釋：「因為我之前的**負能量之石**，已經在做實驗時用光了！

X博士現在就是回去研究室，再借我**負能量之石**來維持**蟲洞**張開。他回來後，實驗就可以隨時開始！」

柏文先是一呆，然後再追問：「在這裡開始？」

「對！就在這裡，就如霍金教授說三維世

界裏的構成世界的長闊高一樣。第四維的時間，也並不是『完美』。再平的東西放大去看，放在顯微鏡下觀察，表面都存在著細小的裂痕和皺褶。而經過了多年的研究，我就是在這裡找到了微型**蟲洞**！」

羅森用心地解說他的研究，一是想回到自己的星球，同時也想柏文柏武兩兄弟能夠幫助他達成心願。柏文柏武從沒想過，**蟲洞**原來一直都近在咫尺。阿瞬返回自己星球的心願，應該快要達成了。

羅森心情也同樣興奮，繼續說出他過去一段時間的經歷。「我曾經遇上另一位雙

奇異之石

子星人他借出了奇異之石，只要利用奇異之石的力量，就可以擴大**蟲洞**的大小，足夠我們微星人進入。可惜每次**蟲洞**張開的時間實在太短，只有 0.0001 秒，所以我需要**負能量之石**的力量來維持洞口擴張。而經過我深入計算時間和空間的位置後，相信今次可以回到我心目中的時光了！」

一直細心聆聽著的阿瞬，對於羅森提到的其中一個人物很感興趣，不其然問道：「什麼？有另一名雙子星人借奇異之石給你？他叫什麼名字？」羅森望著阿瞬並回答道：「是一名叫『阿恆』的雙子星人，

他滯留在地星了。」「什麼？阿恆是我的親生哥哥啊！他原來也在地星！」阿瞬把原本已經不小的眼睛睜得更大。

柏文柏武聽到阿瞬哥哥的消息，也同樣感到驚訝，但細想這應該也是雙子星的的特色吧。阿瞬看到現場眾人神情，猜想自己也應該解說更多：「是啊，每一個雙子星人都是一對對地出生的。阿恆是我哥哥，母親大人取其意為『**宇宙是永恆的**』，這跟我名字阿瞬『**宇宙只是一瞬間**』成了強烈對比，而同樣我跟他的性格也是相反。」

羅森看一看現場的時鐘，再次提醒大家：「現在等X博士拿**負能量之石**回來，實驗就可以開始了！」

突然傳來「**叮**」一聲，升降機門打開，裡面的是X博士。X博士回來了，他手上拿著「**負能量之石**」跟大家說：「我回來了！看來柏文柏武你們也成功過關了。現在實驗也可以開始。但我剛剛在研究所，卻找不到羅綱他們，不知道他們去了哪裡啊？」

這時候，升降機內傳出了一道強光！

一道**藍色閃光**從升降機內射出來，**直射**向羅森旁邊，跟他擦身而過。

藍光直插入羅森背後的柱內，細看下原來是一枝**藍色的激光箭**！羅森看著那箭，露出了驚訝的表情。「那是傳説中的**藍色**無限之箭，莫非是……他們已經追上來了？」羅森露出詫異的表情。

羅森，我是故意射不中你的！
因為我不想做成傷亡，你還是束手就擒吧！
人馬星 - 佐介

羅森循著聲音轉過頭去，再次説道：「**藍色閃光**！人稱無限之箭的銀河捕快，狩獵之人馬星 - 佐介，就是你！」

「我追捕了你們這幾個宇宙海盜一百年了！你兩名躲藏在**X博士**研究所的手下，已經被我的**藍色閃光**逮捕了。」威風凜凜的人馬星佐介，向著羅森大聲説出羅達和羅福的情況。」佐介見羅森對他的説話毫無反應，繼續説道：「他已經被我捉拿了，你也快點把你偷走的**負能量之石**，交還給星之宮殿來維持宇宙平衡吧！」

到我來了！

聽到佐介的警告，羅森冷笑了一下說：「憑你想捉我？我是偉大的物理學家，**蟲洞博士羅森**！你是沒可能捉到我的！出來吧，分身蠍子，到你出場了！」羅森把話一說完，一直在旁邊站著的鬍鬚大漢，突然撲向佐介。原來分身蠍子星人一早入侵了大漢的思想，已經被羅森控制著了！羅森大喝道：「**讓我來收拾你這個宇宙捕快！**」

大漢雙掌一翻，嘗試用雙手去捉住佐介。佐介卻手一縮，用上超快的速度逃出了魔掌。此招正是**藍色閃光**！

佐介閃到大漢背後，大漢也不甘**示弱**，一個轉身，再來一個大踢腿，將佐介踢中！

羅森氣定神閑地說道：「哈！我這個分身是一名武術專家來的，你才不可能輕易擺脫他。」佐介被擊得失了**平衡**，整個人跌到地上去。佐介心想：「想不到地星人身體那麼**巨大**，卻可以那麼敏捷！」

佐介沒有因為被擊倒而氣餒，他心裏有著一個信念。「為了執行正義，我只好使用絕招。對不起，這位被附身的地星人，你要受點傷了。」佐介一邊轉身一邊警告著。他手再一揚，絕招已經蓄勢待發 —— **無限之箭**！

突然間，成千上萬**藍色的箭**，從佐介手上的弓，瘋狂地射出來，此招如其名就是「**無限之箭**」了！

其中一支箭更射中了大漢背上的分身蠍子星人上，蠍子星人立刻冒出**濃煙**。原來這個分身蠍子星人也是一個機械人來的。大漢全身僵硬起來，動彈不得，看來蠍子星機械人已經不能再控制大漢了！

佐介制止了大漢的**襲擊**，立即轉身去找羅森，發現他已經坐在**蟲洞**機上，準備發動機器，而羅網竟然也同時坐在**蟲洞**機上！

羅網坐在**蟲洞**機上，露出狡猾的笑容，向著佐介說：「這個**負能量之石**，是我剛從X博士身上拿過來的，想拿回嗎？」佐介再細看羅網：「你就是**宇宙海盜**的首領吧！今天我一定會捉到你！」柏文、柏武、阿瞬與X博士一直在旁留意著，不敢輕舉妄動，但他們也開始焦急起來。

柏文和柏武沒有想像過，自己會身處一場小型宇宙追捕中。他們這刻都望向現場唯一的成年人X博士，看他有什麼指示。

X博士望回柏文柏武，說出他的想法：「其實我也不知道。一邊是我剛認識的外星人，另一邊是宇宙捕快。如果我們幫**海盜**做事，好像有點不妥，所以現在我只可以待在一旁觀察就好了。」柏文柏武隨即**點頭**，表示認同。

作為外星人的阿瞬說：「既然有人馬星在

地星，那麼我問他借飛船不就是可以了嗎？」柏文也剛想到這一點：「也是啊！那我們之後問他就可以了！」突然間，佐介大聲向著羅網喝道：「你們立即交出**負能量之石**！噢，這個發**綠光的石**是……是……**奇異之石**！你也要把**奇異之石**一同交出來，不然我要出手的了！」

羅網聽到後，卻只輕佻地說：「**負能量之石**就在我手，我不交出來，你又可以怎樣對付我呢？」羅森好像什麼都沒有聽進耳朵裏，專心地看著機器運作。「是 **100** 了，那應該可以回到 **100** 年前的了。機器正常，石的能量也被吸收了。只要**蟲洞**擴張時，再加上**負能量之石**，能夠維持穩定就可以了。」羅森心裏想著，而眼睛一直盯著**奇異之石**。**奇異之石**不斷縮小，再縮小……跟著羅森就說了一句：「打開**蟲洞**！」

一度強光隨
即出現！

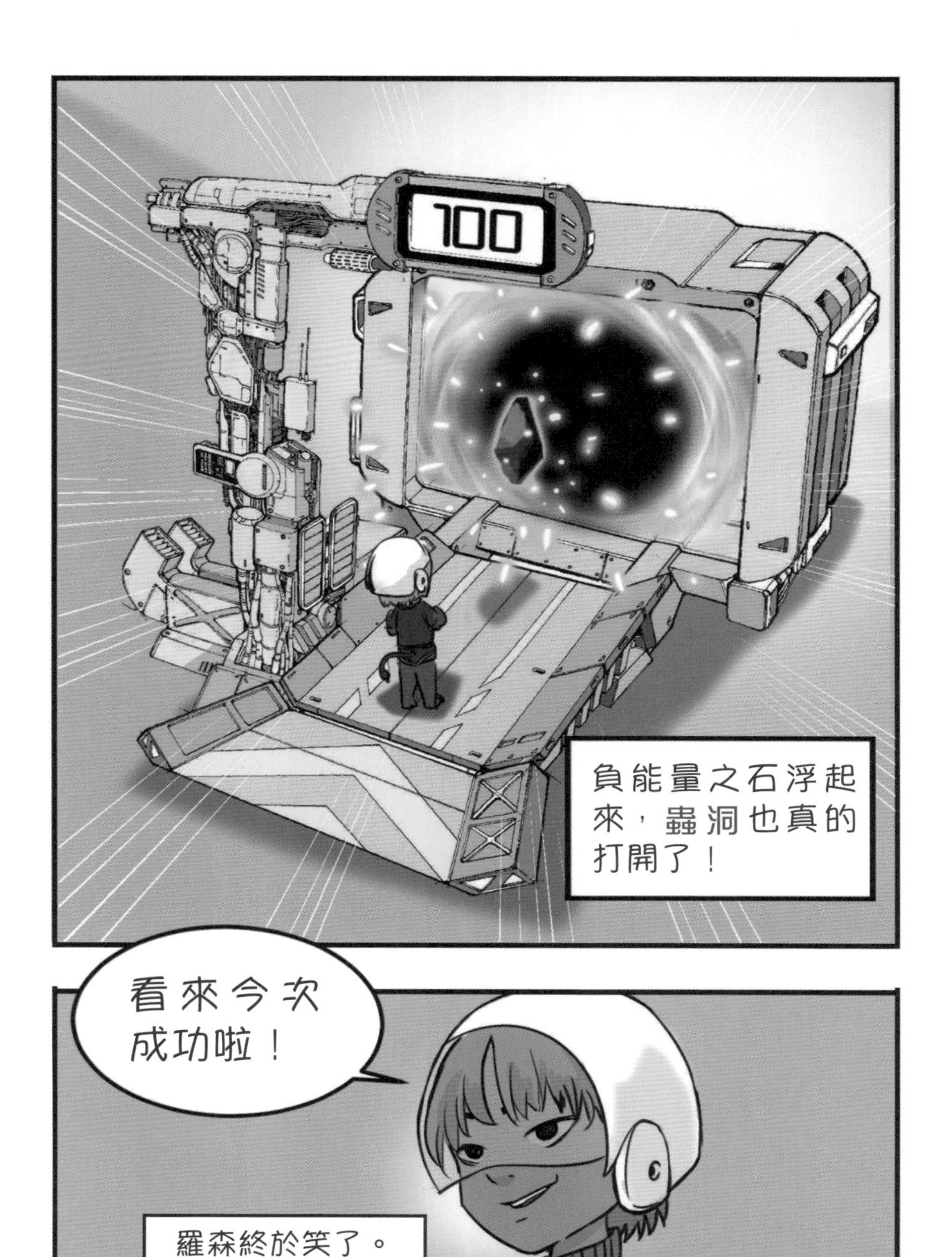
100
負能量之石浮起來，蟲洞也真的打開了！
看來今次成功啦！
羅森終於笑了。

佐介看到眼前情況，大聲問道：「你們在做什麼？你們在創造**蟲洞**？**奇異之石**消失了？你們都給我站住，快交出**負能量之石**！」

羅森對於佐介的要求，根本毫不理會，他心想既然自己**蟲洞**都能夠創造出來，已經是一個可以穿越時空的太空人了，還需要聽從這個宇宙警察任何指揮嗎？

佐介發現再說什麼都沒有意義，隨即想出手制止。羅網見到佐介開始有動作，企圖上前製止。「這裡還有我在，你先過了我這一關才算吧。羅森是天蠍星人，而且他研究了**蟲洞**那麼多年，那份毅力我很**尊重**，這個實驗我也要確

保他成功！」羅綱解釋他為什麼要全力保護羅森，同時跑向**蟲洞開發機**。

佐介把**藍色閃光**聚集在手上，形成了一支巨箭，然後瞄準對著**蟲洞開發機**！手掌一放，藍色巨箭便向前***射出***。在差不多射中**蟲洞開發機**的時候，羅綱一躍向前，用他的身體擋住了！

做得不錯！雖然
難看了一點！
「呀！」的一
聲，羅網隨即
倒在地上。
羅森背起
了背包。
我要開始我的
時空之旅了！

100
負能量之石也在差
不多時間消失，看
來洞口要關閉了。
哼，想捉我們嗎？

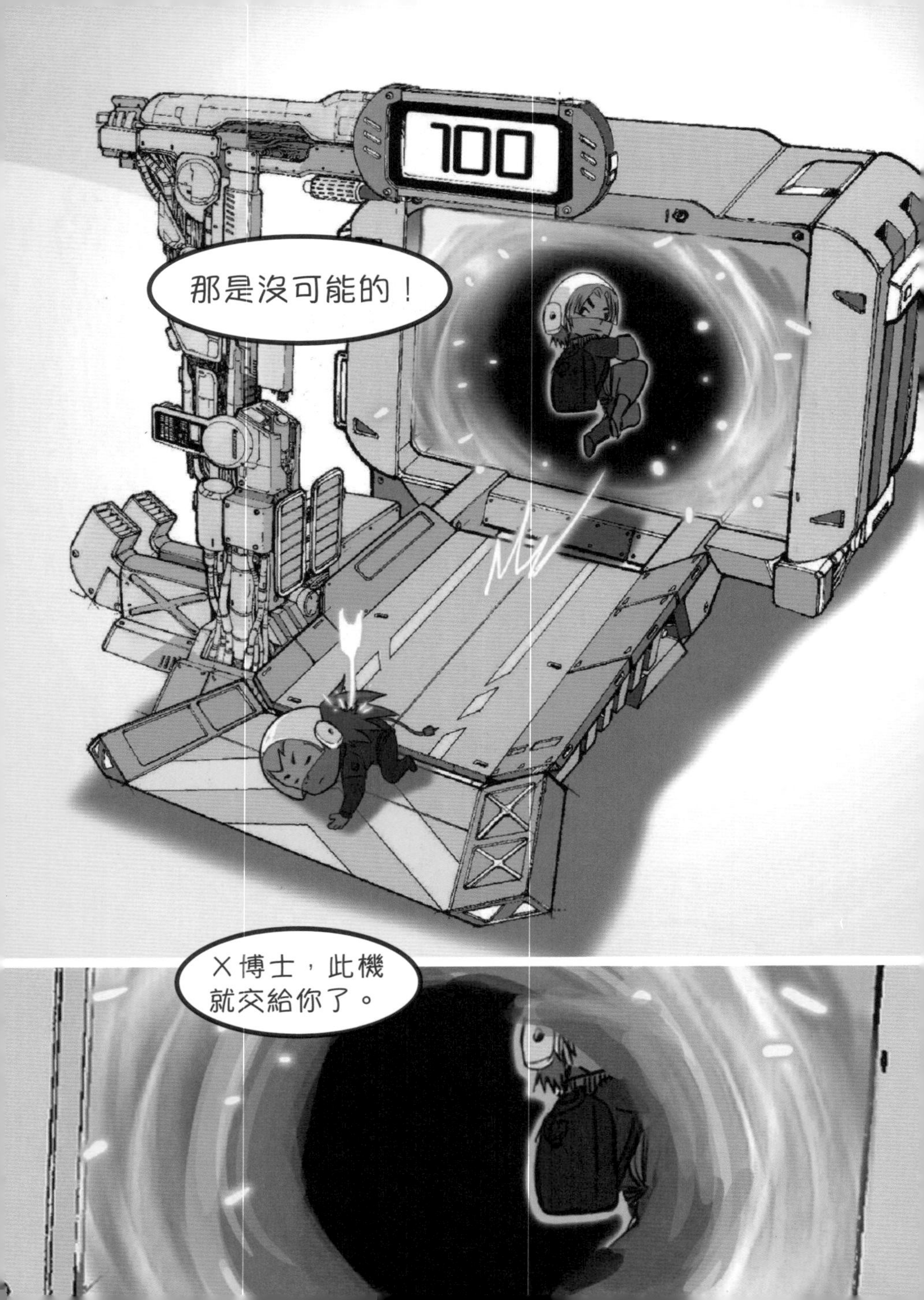
100
那是沒可能的！
X博士，此機
就交給你了。

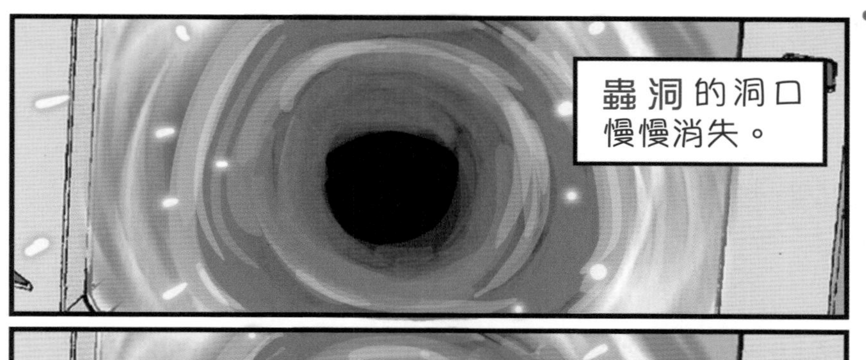

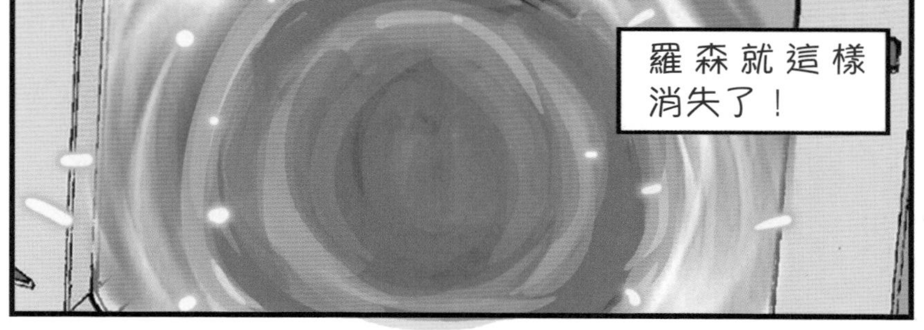

佐介看著**蟲洞**消失，心中滿不是味兒，竟然這樣就給羅森逃脫了。佐介慢慢走到羅網身旁，察看他的傷勢。柏文看著**蟲洞**開啟再消失，感到有點失落，因為這本來是他用來引證**蟲洞**存在的最佳見證機會，但卻錯失了。「這樣就消失了？他真的是**穿越了时空**了嗎？」

柏文也不知道是在問在場中人，還是在問自己。X博士站在旁邊，想了一下說道：「這個問題相信只有他自己，才知道答案了。」

大家都站著，為剛剛發生的事情稍稍整理思緒。「羅網的**手斷**了！怎會這樣子？他的手斷了！」突然間，佐介大叫了一聲。柏文、柏武跟X博士隨即走上前看，發現羅網的手真的斷了，而手臂之間竟然露出了電線及電路管，X博士見狀便把羅網放在手心中。

X博士說：「這是我製造的全息 VR 機械人，

那即是羅網在另一個地方，用 VR 技術來控制這機械人來**觀察**我們！」

突然間，**X博士**手心中的「羅網機械人」再次站起來，重覆說道：「想捉我們宇宙海盜？那是沒有可能的！想捉我們宇宙海盜？那是沒有可能的！想捉我們**宇宙海盜**？那是沒有可能的！」機械人說完後，就立即倒下來了。

佐介看明了眼前事實，很氣憤地說：「竟然是一個機械人！他用機械人來騙我！太**可惡**了！我一定會捉你回來的！」

柏文柏武看到**怒氣沖沖**的佐介，為了緩和眼前氣氛，便一同走上前向佐介作自我介紹，但更重要的是替阿瞬問上一條問題。

柏文問佐介：「請問你是否坐**宇宙船**來地球的？你是否可以載雙子星阿瞬回去自己星球呢？」專業的佐介在聽到問題後，先抑壓著自己的怒氣，然後回應道：「**可以啊！**可是我現在仍需要在地星上執行其他任務。雖然羅森逃去了**另一個空間**，但我相信總有一日會捉拿到他的。如果雙子星阿瞬真的想回去的話，可以先跟我的犯人船回去，因為我逮捕了兩個天蠍星人，他們也要被自動送回去。」

阿瞬聽到佐介的建議，但卻萌生起另一個念頭，因為阿瞬知道了他哥哥也在地星，更想去和他見面。他也向佐介表達了他的意願。

「原來那個偷了**奇異之石**的阿恆，就是你哥哥。我原本也不知道怎樣可以找上他，現在我留在你身邊，就應該可以了，我相信他會來找你的！」

哼
看來下一場就是尋找，
雙子星阿恆的旅程！
下期待續

STEM
3
新世紀

書中提到不少外國科學家，其實中國古時也有不少。我們現在先討論其中一位，他身兼多個身份，包括：天文學家、數學家、發明家、地理學家、詩人、官員和學者。

中國古代科學家——張衡

張衡出生於差不多二千年前（公元 78 年—139 年），是南陽郡西鄂縣（今河南省南陽市南召縣南）人。張衡自幼聰穎好學，多才多藝，他十五、六歲時，就外出遊學——讀萬卷書、行萬里路，同時結交了許多學者。他製作以水力推動的渾天儀、發明能夠探測震源方向的地動儀、發現日、月蝕的原因、及繪製了記錄 2,500 顆星體的星圖。

作為數學家，他在差不多兩千年前，便已經推算出圓周率是在 3.14 至 3.16 之間。他在 38 歲當年被任命為「太史令」，相當於現在的天文台台長，並確立了渾天說，更科學地展示了宇宙的本來面目，及地球是球體的宇宙論。他的著作包括《靈憲》、《渾天儀注》，把宇宙演化、天地結構、日月星辰等天文觀察解釋清楚，將中國古代天文學水準提升到新的階段。在文學方面，他撰寫了好幾本著作，被列為「漢賦

日、月蝕的原因（網上圖片）

四大家」之一，並且開創了七言古詩的詩體，對中華文化有巨大貢獻。

後世為了紀念張衡，國際天文學家用他的名字，為月球背面一座環形山及小行星 1802 命名。科學界更有一種銅鋅合金的天然礦物以「張衡礦」為名，張衡絕對是一個多才多藝的全能學者呢。

候風地動儀

張衡其中一個著名的發明是用來預測地震的「候風地動儀」，雖然近年這個地動儀原理引起了不少爭論，但當中也有值得大家學習的地方。張衡那個時代經常有地震發生，而當中好幾次大地震都發生在洛陽附近。張衡在西元 132 年發明了世界上第一台測定地震時間和方向的儀器，叫做「候風地動儀」。

按照文獻推算，地動儀形狀是一個圓形酒甕，其內中央放有一根很重的柱子，可以向八個方向傾側或傾擺，而酒甕外面有八個龍頭向著東南西北共八個方向。酒甕外的八個龍頭下各有一隻蟾蜍，張口對著龍頭，八條龍的口中各有銅丸一顆。當地震發生時，酒甕內的柱會向地震一方傾側，龍口便會張開，令到銅丸落下，並掉入蟾蜍口中。

在公元134 年 12 月，隴西發生地震，當時雒陽並無震動，但朝西面的龍嘴裡的銅球掉了下來，於是，張衡就斷定是京都洛陽西面發生了地震，其後傳來了隴西地震的消息，證實其探測地震方向的功效。你們又覺得這個原理，是否有足夠科學根據支持呢？

STEM Sir
話你知……

對於書中的幾個 STEM 實驗，你是否都有興趣嘗試呢？那就讓 STEM Sir 示範給大家看吧。

儘管STEM Sir有清晰的解說，每個實驗都需要有成年人陪同才好進行啊！

STEM 人工 VS 天然噴泉

香港不少休憩地方都設有人工噴泉，以往在沙田新城市廣場曾經有一個獨一無二的音樂噴泉，吸引不少市民專程去參觀。其實噴泉涉及物理學上的力學，我們看看 STEM Sir 解說當中的理論。

人工噴泉

沙田新城市廣場音樂噴泉

網上圖片

香港的噴泉以人工為主，天然的噴泉卻可以出現於山上或曠野上。當擁有足夠的水壓，水流離開地面時有一定的壓力，就會噴射到一定的高度，形成噴泉。無論是人工或者天然，噴泉一直是人工水池中的裝飾品。在歐洲，很多噴泉口就出現於不同古典雕刻上呢。

STEM SIR 示範

反重力噴泉

相關頁數 P.25

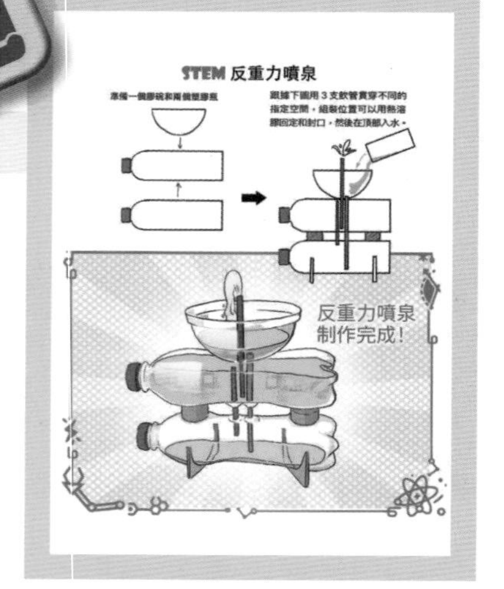

STEM 反重力噴泉
準備一個膠碗和兩個塑膠瓶
跟隨下圖用 3 支飲管貫穿不同的指定空間，組裝位置可以用熱溶膠固定和封口，然後在頂部入水。
反重力噴泉
制作完成！

STEM 反地心吸力杯

這次X博士在第31頁做的實驗，其實不少魔術師都有表演過，這種看似不合常理的魔法，通過物理常識便能夠解釋得到。這亦是家長經常建議小朋友多讀課外書籍，參考科普資訊的原因，當然也可以聽聽 STEM Sir 的解說啦。

如果小朋友想嘗試這個實驗，用厚咭紙都可以有同樣效果的，記得練習或示範的時候，要找成年朋友陪伴，這可能會是你下次聚會的一個魔術表演呢！

相關頁數 P.31

STEM 新世紀 1

顧問：STEM Sir

編繪：波比人

UFO × STEM × 冒險

用STEM去解難
一文一武＋外星人

柏文柏武兩兄弟在一個不平凡的週未，於公園遇上因為太空船機件故障而誤降到地球的小太空人－阿瞬。

阿瞬醒來一刻誤以為自己給地球人綁架，企圖返回太空船繼續自己的太空旅行，期間卻被柏文柏武發現了他的逃走計劃！

兩兄弟和阿瞬在誤打誤撞下，更發現街角小店一個大陰謀，他們逐運用對 STEM 的認識去拆解店主的詭計，一切看似盡在掌握，意外卻發生了，最後他們……

第2期

介紹：
物理學家、科學家
愛因斯坦
一生經歷

柏文柏武和阿瞬共同經歷了拯救小狗們任務後，阿瞬繼續去尋找回到外星的方法。
原來方法只有通過蟲洞旅程，但蟲洞的開啓時間卻是要三年後！不想再等上三年的阿瞬唯有向太空服務中心求助，並獲告知關鍵是暱稱「分身天蠍星」的外星人。
柏文柏武和阿瞬再次攜手出發，在尋找天蠍星人的過程中，卻發現另一個更大陰謀……他們能夠再次化險為夷嗎？

每本可以在首頁寫上你的名字及(40字內)字句，成為你專屬的一《STEM新世紀》

讀者們想看到完整的
《STEM 新世紀》第1期和第2期嗎？
●只要 WhatsApp 或電郵聯絡我們
●付款後，我們會安排速遞到指定地址 ....

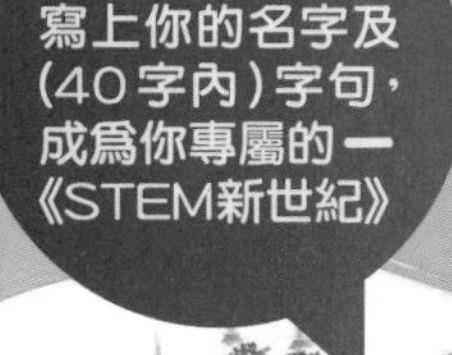

info@todaypublications.com.hk
6214-5828

書價十運費
$100

Science

姓名► 雷柏文

性別► 男

年齡► 14 歲

性格► 開朗、冷靜、有智慧好學向上精通科學和數學、同時也是天文學的愛好者。

特徵► 右邊面有一粒星星的痣

Engineering

姓名► 雷柏武

性別► 男

年齡► 12 歲

性格► 外向、喜愛運動、活力無限，有智慧精通工程、電腦、科技和電子。

特徵► 左邊面有一粒星星的痣

人物介紹

Gemini

姓名► 天武瞬

性別► 男

年齡► 12 歲

性格► 心地善良、正義感強、粗心大意。

特徵► 來自雙子星、體形細小、長期穿著太空衣、其實是怕接觸地球。

X

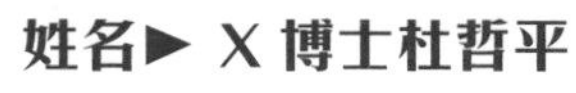

姓名► X 博士杜哲平

性別► 男

年齡► 43 歲

性格► 沈默、喜歡科學、以 X 為主認為 X 是未知之數、凡是未知的東西、他也會去研究。

特徵► 一頭灰髮

作者：波比人

STEM內容顧問：鄧文瀚先生(STEM Sir)

封面美術：波比人

內文排版：輝

編輯：梓牽

出版：童閱國度 / 今日出版有限公司

地址：香港 柴灣 康民街2號 康民工業中心1408室

Facebook 關鍵字：童閱國度

發行：泛華發行代理有限公司

地址：香港 新界 將軍澳工業村 駿昌街7號2樓

電話：(852) 2798 2220

網址：www.gccd.com.hk

出版日期：2021年3月

印刷：大一數碼印刷有限公司

電郵：sales@elite.com.hk

圖書分類：兒童讀物 / 繪本

初版日期：2021年3月

I S B N ：978-988-74364-5-4

定價：港幣 70 元 / 新台幣330元

版權所有　不得翻印

編輯及出版社已盡力確保所刊載的資料及數據正確無誤，
資料及數據僅供參考用途。

如有缺頁或破損請致電(852) 3105-0332歐陽小姐或whatsapp 6214-5828查詢。